GUÍA DE LECTURA

Escrita por Cécile Perrel
Traducida por Paula Barnola

La prima Bette

de Honoré de Balzac

HONORÉ DE BALZAC

ESCRITOR FRANCÉS

- **Nacido en 1799 en Tours (Francia)**
- **Fallecido en 1850 en París (Francia)**
- **Algunas de sus obras:**
    - *Los chuanes* (1829), novela
    - *Eugenia Grandet* (1833), novela
    - *Papá Goriot* (1835), novela

Honoré de Balzac (1799-1850) es uno de los más grandes escritores franceses del siglo XIX. De joven, se abre las puertas a un medio aristocrático parisino que nunca abandonará. Sin embargo, proyectos desastrosos y un tren de vida excesivo le sumen en la ruina rápidamente: la escritura literaria, practicada con pasión y asiduidad, es el único medio del que dispone para pagar sus deudas.

Su ambición le lleva a embarcarse en una obra monumental, *La comedia humana*, formada por más de noventa novelas, y cuyo objetivo consiste en crear un retrato exhaustivo de la sociedad de su tiempo (para «hacer la competencia al registro civil», Cino Alvear 1990, 10). Entre sus novelas más conocidas encontramos *Eugenia Grandet* (1833) o *Papá Goriot* (1835).

Balzac es considerado como uno de los padres de la novela realista moderna.

LA PRIMA BETTE

UNA NOVELA TÍPICA DEL REALISMO BALZAQUIANO

- **Género:** novela
- **Edición de referencia:** de Balzac, Honoré. 2010. *La prima Bette*. Traducido por María Teresa Gallego Urrutia. Barcelona: Alba[1]
- **Primera edición:** 1846
- **Temáticas:** celos, venganza, dinero, mujer, belleza, matrimonio

La prima Bette una novela que se publicó en forma de folletín en un periódico, *Le Constitutionnel*, de octubre a diciembre de 1846, y que forma parte de *La comedia humana*. Balzac clasifica esta novela en las *Escenas de la vida parisina*. El autor describe los celos y la sed de venganza de una mujer, Lisbeth Fisher, hacia la familia de su prima, los Hulot. Estos sentimientos la llevan a la ruina, tanto económica como moral y afectiva.

---

1. Todas las citas han sido traducidas por ResumenExpress.com

RESUMEN

En 1838, la familia Hulot vive en París, en un palacete particular deteriorado. Sus finanzas no están en buen estado, debido a los gastos astronómicos del barón Hulot con sus amantes. Por el contrario, su mujer, Adeline, es de una gran virtud. Habiéndose ya casado su hijo mayor (con la hija de uno de los amigos libertinos de su marido, hecho que esta ignora), Adeline desea casar a su hija Hortense en las mejores condiciones. Célestin Crevel, el suegro del hijo Hulot, conoce la desastrosa situación financiera del barón. Crevel, que está secretamente enamorado de Adeline, le ofrece a esta pagar la dote de Hortense si ella sucumbe a sus halagos. La baronesa le rechaza, horrorizada.

Lisbeth Fisher, la prima de Adeline, que responde al nombre de Bette, vive en casa de los Hulot. Esta fea solterona siempre ha estado celosa de la belleza y de los éxitos de su prima. Bajo una apariencia amable, se empeña en conseguir la ruina de la familia Hulot. Bette tiene un protegido, el conde Wenceslas de Steinbock, un joven exiliado polaco de profesión orfebre. Cuando este se enamora de Hortense, Bette, que estaba muy unida a Wenceslas, se desespera. Los dos jóvenes se casan rápidamente y pronto el talento de Wenceslas es reconocido públicamente.

El barón Hector Hulot, abandonado por su amante, la actriz Josépha, conoce a una magnífica joven, Valérie Marneffe, casada con un empleado del Ministerio de Guerra, donde el barón justamente ocupa un alto puesto. Valérie Marneffe es, es realidad, una cortesana que vive gracias a las rentas que le pagan sus amantes. Seducido, el barón la convierte en su nueva amante y le promete interferir a favor de su marido en el ministerio. Pero Lisbeth entabla amistad con Valérie y las dos mujeres deciden trabajan conjuntamente para conseguir la ruina de la familia Hulot.

Tres años más tarde, el barón Hulot instala a Valérie en un bonito apartamento, donde esta vive con su marido. Este conoce todas las infidelidades de su mujer, pero no se opone a las mismas ya que él saca provecho, sobre todo, económicamente.

Célestin Crevel conoce a Valérie y se enamora inmediatamente de ella. Se jura que la va a seducir a fin de vengarse de Hulot, que en el pasado le robó a Josépha.

En casa de los Marneffe, Lisbeth es considerada como una pariente y mejora ligeramente su aspecto físico gracias a los consejos de la cortesana, quien le confiesa estar enamorada de Wenceslas. Dispuesta a todo a fin de perjudicar a los Hulot y deseando vengarse de Hortense, que en su día le privó de los afectos del joven, Lisbeth promete a Valérie presentarle a Wenceslas.

En cuanto a Crevel, este consigue finalmente su objetivo con Valérie: la joven vive gracias al dinero que le pagan Hulot y Crevel al mismo tiempo. Sin embargo, las finanzas del barón están por los suelos, y se endeuda terriblemente a fin de satisfacer a Valérie, llegando incluso a llevar a cabo una operación fraudulenta en Argelia con la ayuda de un tío y su esposa.

Wenceslas, empujado por sus problemas financieros, se presenta en casa de los Marneffe para pedirles dinero, aconsejado por Lisbeth, que busca arrastrar al joven a los brazos de su amiga. Seducido por Valérie, se convierte enseguida en su amante. Cuando Hortense se entera de esto, le deja y se instala con su hijo en casa de su madre.

Por su parte, Lisbeth ha decidido casarse con el hermano del barón, un ancianísimo mariscal del Imperio, a fin de hacerse con la fortuna familiar. Cada miembro de la familia interfiere a su favor ante el viejo soltero.

Pero un día, sale a la luz el fraude financiero llevado a cabo en Argelia por el barón que, deshonrado, se refugia en su mujer. El mariscal del Imperio trata de limpiar el honor de la familia devolviendo el dinero robado al Estado por su hermano. Pero el mariscal, que está a punto de casarse con Lisbeth, muere de vergüenza y desesperación. Lisbeth, que se ve privada de su futuro esposo por culpa del barón Hulot, está loca de rabia y promete vengarse por doble partida. En cuanto al barón, se fuga de forma cobarde y comienza una nueva existencia bajo un nombre falso.

El hijo Hulot, Victorin, escala rápidamente: consigue un trabajo como abogado del Ministerio de Guerra y el ministro le da el dinero que su tío había querido entregar como compensación por el robo del barón. Victorin se encuentra, de esta forma, en posesión de una pequeña fortuna. Todo hubiera sido perfecto para él si su suegro no hubiera decidido casarse con Valérie, que se había quedado viuda.

Un día, una mujer, la Sra. de Saint-Estève, se presenta en

el despacho de Victorin: le cuenta que el matrimonio de su suegro hace ruido en las más altas esferas de poder y le propone al joven deshacerse de Valérie. Horrorizado y presintiendo un asesinato, la expulsa de allí.

Crevel se presenta en casa de los Hulot para informarles de su matrimonio con Valérie, pero la familia y su propia hija se niegan a asistir a la boda. Valérie Marneffe es, de hecho, la causa de la desgracia de la familia, pues ha sido, sucesivamente, la amante del barón, de su yerno Wenceslas y de Crevel. Valérie, muy ofendida, anuncia que va a desvelar unos hechos que dañarán el honor de Adeline. Victorin, furioso de que se ceben así con su madre, quien, sin embargo, ha llevado una vida virtuosa, se encuentra con la Sra. de Saint-Estève, que le promete arreglar el problema. Entretanto, se celebra la boda sin la presencia de la familia Hulot.

Un día, se informa de que la nueva pareja Crevel está gravemente enferma. Según el médico, su enfermedad es incurable. Los dos se está muriendo de un tipo de peste con un sufrimiento atroz. Victorin se siente terriblemente responsable.

Adeline, en una de sus visitas caritativas, se encuentra con su marido, que ejerce de copista en París, y le lleva a casa. Una vez Wenceslas se ha reconciliado con su mujer, la familia está al completo. Loca de rabia de ver el triunfo de los Hulot después de todos sus esfuerzos para arruinarles, Lisbeth muere. Ninguno llora por ella sinceramente: los Hulot no han entendido que era ella la auténtica instigadora de su desgracia.

Todo parece resuelto cuando, un día, Adeline sorprende a su marido con su joven cocinera. Espantada, muere. El barón abandona París y se va a Normandía, donde se casa con la asistenta, que se convierte, de esta manera, en baronesa.

ESTUDIO DE LOS PERSONAJES

LA PRIMA BETTE

Es el personaje principal de la novela, el personaje a través del cual pasa todo, el que crea el drama.

Lisbeth Fisher es la representación del mal, tanto físico como moral:

- físicamente, Lisbeth es la fealdad en persona. «Paisana de los Vosgos [...], morena, delgada, de cabellos de un negro reluciente, cejas espesas y agrupadas en un ramillete, de brazos largos y fuertes, de pies anchos, con algunas arrugas en su cara larga y simiesca, así es el sucinto retrato de esta virgen». Nada se le perdona a esta mujer, que casi da miedo de lo fea que es. La comparación con un mono no es la única analogía con la especie animal que hace Balzac. De hecho, en varias ocasiones, el autor le llama «la Bette», cuya similitud con «la bête» (cuyo significado en francés es «el animal»), no es de ninguna manera inocente. Además, el propio barón Hulot le da a su prima el apodo de la «cabra»;
- moralmente, es la encarnación misma de la maldad. Lisbeth busca perjudicar a su familia por todos los medios. Habiendo estado siempre celosa de su prima Adeline, debido a que esta es bella y tiene éxito socialmente, Lisbeth se jura causarle la ruina y, por lo tanto, la de su familia. Conoce perfectamente a cada uno de sus miembros, así como sus peculiaridades y defectos, y no duda en hacerles equivocarse: conocedora de la ten-

dencia del barón por las mujeres bellas, se las presenta y, conociendo la virtud y la honradez de su prima, trata de dañarla. Es particularmente falsa e hipócrita.

VALÉRIE MARNEFFE

Todo lo que Lisbeth tiene de fea, Valérie Marneffe lo tiene de guapa: es «una joven menuda, esbelta, bella, dotada de una gran elegancia, que exhala un perfume propio». Así pues, todos los hombres que la conocen pierden la cabeza por ella. Está casada con Jean-Paul-Stanislas Marneffe, un empleado de poco rango en el Ministerio de Guerra, que está al tanto de sus aventuras pero que no se altera por ellas.

Está dispuesta a todo para asegurarse una vida cómoda. No tiene menos de cuatro amantes al mismo tiempo, que garantizan su confort económico: el barón Hulot, Crevel, Wenceslas de Steinbock y el brasileño Montès, un antiguo amante que reaparece brevemente.

Se alía con Lisbeth y se une al proyecto de venganza de su nueva amiga. Así, causa la ruina del barón Hulot y arrastra a su nuevo esposo, Célestin Crevel, a la muerte.

EL BARÓN HULOT

El barón Hulot ha añadido, el mismo, a su nombre el de su región de origen, Ervy, haciéndose llamar «barón Hector Hulot d'Ervy».

Es un veterano de la armada de Napoleón y, al principio de la historia, es director de administración en el Ministerio de

Guerra, consejero de Estado y gran oficial de la Legión de Honor.

Es un libertino incurable, arruinado por sus numerosas aventuras, especialmente gracias a Valérie Marneffe. Es cobarde, y se fuga cuando el escándalo se hace demasiado grave, decidiendo llevar una vida anónima bajo un nombre falso. Causará la muerte a su esposa con motivo de una última infidelidad con una empleada doméstica.

ADELINE

La baronesa Adeline Hulot, originaria de una familia de los Vosgos, cuyo apellido de soltera es Fisher, parece estar dotada desde su nacimiento de todas las cualidades. Guapa y virtuosa, todos las prefieren frente a su prima Lisbeth, a quien encomiendan todas las tareas ingratas.

Adelina está casada con el barón Hulot (con quien tiene dos hijos: Victorin y Hortense) a quien profesa un amor entregado, a pesar de las infidelidades que le hace soportar. Se mantiene noble y todo el mundo la quiere: sus hijos y su cuñado, el mariscal Hulot. Soporta todas las diferencias con su marido hasta la última y fatídica, que le hará morir de pena.

HORTENSE

Es la hija del barón y de la baronesa Hulot. Es muy bella:

> «Hortense se parecía a su madre, pero tenía los cabellos de oro, naturalmente ondulados y sorprendentemente

abundantes. Brillaba como el nácar. En ella se apreciaba bien el fruto de un matrimonio honesto, de un amor noble y puro [...]. Alta, regordeta sin ser gorda, de una talla esbelta, cuya nobleza igualaba a la de su madre, merecía ese título de diosa tan extendido por los autores antiguos».

Si bien tiene el físico de su madre, los parecidos acaban ahí. Así pues, cuando se entera, estando casada con el conde de Steinbock, que este la ha engañado, le abandona, mientras que su madre soporta las incesantes infidelidades de su marido durante toda su vida. Es una joven entera que tiene un gran sentido de la lealtad. Aceptará vivir de nuevo con su marido cuando este haya corregido sus errores.

WENCESLAS

El conde Wenceslas de Steinbock es un exiliado polaco que vive en Francia con muy pocos recursos económicos. Desesperado, trata de suicidarse y es en ese momento cuando conoce a Lisbeth Fisher, que le toma bajo su protección. Gracias a que es un orfebre talentoso, esta lo coloca en una empresa donde pronto se hace conocido.

Se enamora de Hortense Hulot y se casa con ella, lo que provoca la cólera de Lisbeth, que no soporta que el joven le abandone.

Es un artista perezoso que pronto se instala en la ociosidad y al que le falta carácter y voluntad. Deja de trabajar pronto. Cuando los problemas económicos se hacen latentes, se convierte en presa de su antigua protectora, que le arrastra a las redes de Valérie, por quien se deja atrapar fácilmente.

Una vez reconciliado con su mujer, deja la creación para convertirse en crítico de arte.

VICTORIN Y CÉLESTINE

Victorin es el hijo mayor de los Hulot. Es abogado y diputado. Está casado con Célestine, con quien forma una pareja sin historia, sin interés, que se contenta con lo que posee. Ellos serán los únicos personajes a los que se perdona relativamente y que salen indemnesen la historia. Al contrario que los otros, se convierten, al final de la novela, en los más ricos e influyentes, debido a que Victorin deviene abogado del Ministerio de Guerra y Célestine hereda una pequeña fortuna tras la muerte de su padre.

CÉLESTIN CREVEL

Es un antiguo comerciante de perfumes y es el padre de Célestine. Es viudo y le profesa un amor desmesurado a su hija, un amor que comienza a desaparecer cuando conoce a Valérie. Es uno de los compañeros de libertinaje del barón Hulot, con quien a menudo comparte amantes.

Es un «hombre gordo de talla mediana» que respira «la autosatisfacción que hacía resplandecer su tez sonrojada y su rostro ciertamente mofletudo».

No es noble y los Hulot se lo hacen ver. Se gana la vida especulando y acaba siendo alcalde de distrito. Muere del mismo mal que Valérie, su nueva esposa.

CLAVES DE LECTURA

EL REALISMO DE BALZAC

El realismo, movimiento artístico y literario nacido en la segunda mitad del siglo XIX, busca separarse del sentimentalismo romántico describiendo la realidad sin florituras, tratando de explicar la realidad tal y como es. Esta corriente se desmarca del romanticismo abordando temas nuevos como el mundo del trabajo, las relaciones familiares o los enfrentamientos sociales, directamente inspirados por la sociedad de la época.

Si bien Balzac ha tocado varias corrientes y géneros literarios —principalmente el romanticismo, con *El lirio en el valle*, y la fantasía, con *La piel de zapa*—, se le conoce sobre todo por ser el maestro del realismo con obras como *Eugenia Grandet*, *Papá Goriot* o *La prima Bette*. Tal y como lo explicaba él mismo en sus novelas, Balzac quiere «hacer la competencia al registro civil», (Cino Alvear 1990, 10)»: quiere ser tan real como la realidad. Así pues, no se avergüenza de sentimientos bellos o de motivos poéticos, y describe sin rodeos lo que observa a su alrededor: el París de los banqueros, donde el dinero es el rey, las costumbres de su tiempo, etc. De esta forma, por ejemplo, Balzac pinta con gran precisión los cambios que se producen en los barrios populares de la capital bajo la influencia de las operaciones financieras: «En este momento, la especulación tiende a cambiar la cara de este rincón de París y a construir en el espacio vacío que separa la calle de Ámsterdam de la calle de Faubourg-du-Roule, y que sin duda modificará la población, ya que, en París, la paleta es más civilizadora de lo que uno piensa».

Con motivo de su realismo, la obra de Balzac, y en particular la que nos interesa en este momento, *La prima Bette*, está relacionada con su propia vida. Efectivamente, el autor conoció muchos cambios, al igual que los Hulot, acumuló gran cantidad de deudas, como la mayoría de los personajes de la novela, y vivió bajo nombres falsos, al igual que el barón. Por lo tanto, lo que describe en *La prima Bette* es una parte de su vida, de su propia realidad. Nos encontramos en el corazón de la novela realista, que no narra, que no inventa, sino que tiene como objetivo reproducir lo real.

Además, en *La prima Bette*, Balzac crea un retrato familiar particularmente impactante. Propone un estudio muy completo y muy realista de los vínculos que unen a los miembros de la familia Hulot: amor y entrega total de Adeline para con su marido; relación basada en el respeto entre Adeline y sus hijos; actitud embustera y falsa, llena de cobardía, del barón hacia su mujer.

LA IMAGEN DE LA MUJER

Las mujeres son omnipresentes en esta novela. Sobrepasan en número a los personajes masculinos y son ellas las que conducen la acción.

Las podemos dividir claramente en dos grupos:

- el grupo de las virtuosas, con Adeline, Hortense y Célestine, compuesto de mujeres procedentes de la nobleza. Ya sean ricas o pobres, conservan sus valores morales desde el principio hasta al final de la novela, y siempre buscan el bien;

- el grupo de las manipuladoras, con Lisbeth, Valérie y sus aliadas (es decir, las empleadas domésticas de Valérie, su doncella o la portera de su edificio), compuesto de mujeres de la pequeña burguesía o del pueblo. Tienen ideas y acciones mezquinas, viles, y solo buscan su propia felicidad, sin preocuparse del mal que pueden hacer a los demás.

Esta separación puede parecer un poco maniquea. Sin embargo, está matizada por un personaje, el de Josépha, la antigua amante del barón Hulot. Es una mujer del pueblo que ha ascendido socialmente gracias a los hombres, pero también gracias a su talento como actriz. Josépha trata de borrar las acciones incorrectas que cometió en el pasado ayudando a la baronesa Hulot: lleva a cabo investigaciones para la baronesa cuando el barón desaparece sin dejar una dirección. Además, pide perdón claramente a la baronesa y las dos mujeres, que en su día fueran rivales, acaban por profesarse una cierta simpatía.

Si bien la clase social parece determinar el carácter de las mujeres en esta novela, su belleza o su fealdad es igualmente fundamental. Balzac se extiende en la descripción física de los personajes femeninos, como si ahí estuviera la clave, la explicación de la acción. Adeline, Hortense, Valérie y Josépha son guapas. Mientras que las dos primeras no compiten, las otras dos construyen su existencia sobre su belleza. La belleza física de Valérie y de Josépha les ayuda a ascender socialmente y a convertirse en amantes de hombres de fortuna, lo cual les permite saciar todos sus deseos. Este tipo de belleza es, en cierta manera, un instrumento del mal; la apariencia física sirve de instrumento a las mujeres interesadas.

La prima Bette es la única mujer fea de la novela, pero ella nunca hace alusión a esta circunstancia. Sin embargo, sabemos que tiene celos de la belleza de su prima y constatamos que se sirve del atractivo de Valérie como arma para perjudicar a los Hulot, lo cual prueba que la belleza es de una importancia capital.

EL DINERO, UN AUTÉNTICO PERSONAJE

Si bien son las mujeres las que dirigen el baile en esta novela, lo que les hace correr, a ellas y a todos los demás personajes, es el dinero. Se observa el acercamiento entre la vida del autor y lo que este narra en su novela, ya que Balzac fue, durante toda su vida, víctima de disgustos económicos.

El dinero se impone como un auténtico personaje desde el principio de la novela, cuando nos enteramos de que Hortense no puede casarse por falta de dote, que el dinero previsto para esta cuestión ha sido devorado por el barón, que lo ha regalado a sus amantes, y que Crevel ofrece esta dote a cambio de los favores de Adeline.

Todo se hace por y para el dinero; es la auténtica médula espinal de toda la obra: los amantes conservan a sus amantes gracias al pago de rentas, las amantes conservan a sus amantes debido más que a menudo a estas rentas y no al amor, y muchos personajes se sirven del dinero como medio de presión para obtener lo que desean —Crevel para obtener los favores de la baronesa, y Lisbeth para retener a Wenceslas ofreciéndole una formación de orfebre—.

El dinero es igualmente un vector de honor o de deshonor. Así pues, las deudas contraídas por el barón le ocasionan la deshonra pública. El fraude financiero que orquesta en Argelia y el dinero del Estado que pierde hunden a su familia en el deshonor. A fin de limpiar esta humillación, el hermano del barón propone devolver al gobierno la suma desaparecida. Tenemos la impresión de que, más que el robo o la mentira, es la pérdida del dinero lo que es grave y lo que más importa. No es la idea del robo lo que ha de lamentarse, sino la desaparición en sí del dinero.

PISTAS PARA LA REFLEXIÓN

ALGUNAS PREGUNTAS PARA PROFUNDIZAR EN SU REFLEXIÓN...

- ¿Qué imagen de la familia ofrece Balzac en esta novela?
- En su opinión, ¿condena el autor a los arribistas? Justifique su opinión.
- ¿De qué manera representa Balzac el poder político? Explíquelo.
- ¿Cómo se representa la vida de París en esta novela?
- ¿Qué informaciones históricas se nos dan en esta novela? Desarróllelas. ¿Podemos, por lo tanto, equiparar este relato a una novela histórica? Justifique su respuesta.
- ¿Qué diferencias y qué puntos en común podemos encontrar entre Balzac y otros autores realistas como Stendhal (1783-1842)?
- ¿Cómo contribuye el estilo de Balzac al realismo de la novela?
- ¿Qué visión del amor propone Balzac en *La prima Bette?* Justifique su respuesta.
- Numerosos elementos de la novela evocan la vida del autor. En su opinión, ¿podemos, por lo tanto, hablar de una novela autobiográfica? Justifique su respuesta.

PARA IR MÁS ALLÁ

EDICIÓN DE REFERENCIA

- de Balzac, Honoré. 2010. *La prima Bette*. Traducido por María Teresa Gallego Urrutia. Barcelona: Alba.

ESTUDIOS DE REFERENCIA

- Cino Alvear, Maritza. 1990. Prefacio a *Papá Goriot*, de Honoré de Balzac. Quito: Libresa, colección *Antares*.

EN RESUMENEXPRESS.COM

- Guía de lectura de *Eugenia Grandet* de Honoré de Balzac.
- Guía de lectura de *Las ilusiones perdidas* de Honoré de Balzac.
- Guía de lectura de *El coronel Chabert* de Honoré de Balzac.
- Guía de lectura de *Papá Goriot* de Honoré de Balzac.

ResumenExpress.com

Muchas más guías para descubrir tu pasión por la literatura

www.resumenexpress.com